AF603087

P.... 1864 Mai 30

Collection de M. P[érignon]

DESSINS

ANCIENS

GRAVURES, VOLUMES SUR LES ARTS
TABLEAUX & ÉTUDES PEINTES

Vente les 30, 31 Mai et 1er Juin 1864

Exposition le 29 Mai 1864

Me E. LECOCQ
Cre-PRISEUR

M. Ch. ROUILLARD
EXPERT

RENOU & MAULDE

IMPRIMEURS DE LA COMPAGNIE DES COMMISSAIRES-PRISEURS

Rue de Rivoli, 144.

CATALOGUE

DE

DESSINS ANCIENS

DES DIFFÉRENTES ÉCOLES

ET EN PARTIE

De l'École Française du XVIIIe Siècle

GRAVURES, VOLUMES SUR LES ARTS, CATALOGUES
TABLEAUX & ÉTUDES PEINTES

Provenant de la Collection de M. P.....

DONT LA VENTE AURA LIEU

HOTEL DES COMMISSAIRES-PRISEURS

Rue Drouot, n° 5

SALLE N° 4, AU 1er ÉTAGE

Les Lundi 30, Mardi 31 Mai et Mercredi 1er Juin 1864

A UNE HEURE PRÉCISE

Par le ministère de **Me Émile LECOCQ,** Commissaire-Priseur,
rue de Buffault, 11,

Assisté de **M. Ch. ROUILLARD,** Expert, rue Neuve-Saint-Étienne-du-Mont, 13,

CHEZ LESQUELS SE DISTRIBUE LE PRÉSENT CATALOGUE

EXPOSITION PUBLIQUE

Le Dimanche 29 Mai 1864, de une heure à cinq heures.

1864

CONDITIONS DE LA VENTE

Elle sera faite au comptant.

Les acquéreurs paieront en sus du prix d'adjudication, cinq pour cent applicables aux frais.

Nota. Les Livres, Gravures, Tableaux et Études peintes seront vendus dans la dereière vacation.

DÉSIGNATION

DES DESSINS

1 — F. Boucher, Le Guide (d'après). Deux pièces. Dessin crayon noir.

2 — Dupressoir, Nicolle, etc. Trois pièces. Aquarelles, Paysages.

3 — Lemercier, Fieldings. Deux pièces. Aquarelles, Paysages.

4 — Robert Hubert. Aquarelle, Ruines.

5 — Belotti. Sainte Madeleine. Dessin à la plume.

6 — N. Fieldings. Aquarelles, Paysages. Deux pièces.

7 — École italienne. Études de figure. Deux pièces. Sanguines.

8 — École italienne. Six pièces. Par divers. Sanguine, plume et crayon noir.

9 — H. Robert, Swebach. Trois pièces. Aquarelles et lavis.

10 — École italienne. Trois pièces par divers. Étude. Plume, crayon, sépia.

11 — École française, École italienne. Six pièces par divers.

12 — Bouton, Pérignon père, et autres. Dessin au bistre, à la plume et au lavis. Huit pièces. Vues de monuments.

13 — H. Robert, L. Moreau, Carle Vernet, Eisen, et autres. Aquarelles, lavis. Sept pièces. Paysages et Sujets.

14 — École italienne. Sujets saints. Deux pièces. Sanguine.

15 — Vitelli. Monuments italiens. Sépia. Deux pièces.

16 — École française. Paysages avec figures. Gouaches.

17 — Demarne, Girodet et autres. Dessin au crayon, sépia, lavis, encre de Chine. Sept pièces.

18 — École italienne. Études. Sanguines. Trois pièces.

19 — École italienne, École française. Dessins au lavis, sanguine, plume. Cinq pièces.

20 — École française. Dessin à la plume, sépia et lavis. Sujets, figures, ornements. Cinq pièces.

21 — T. Géricault. Étude pour le Naufrage de la Méduse. Crayon noir, Deux pièces.

22 — Bance. Aquarelles. Deux pièces. Monuments en ruine.

23 — A. Clerget. Paysage, Aquarelle. Une pièce.

24 — Inconnu. Aquarelles. Deux pièces.

25 — École française. Dessin d'architecture et aquarelle. Notre-Dame-de-Paris. Une pièce.

26 — Fieldings. Aquarelles. Deux pièces.

27 — Du même. Aquarelles. Deux pièces. Paysages.

28 — Inconnu. Cérémonie à Rome, Cathédrale gothique. Aquarelles. Deux pièces.

29 — Saint-Non, Noël. Paysages, aquarelle, gouache. Deux pièces.

30 — École française et italienne. Huit croquis divers.

31 — École française et italienne. Ruines, jardin, meuble. Trois pièces. Sépia.

32 — Saint-Aubin, Watteau (d'après). Dessin à la plume, crayon noir et sanguine. Trois pièces.

33 — Le Poussin (d'après). Dessin au lavis. Compositions. Deux pièces.

34 — École italienne. Études à la sanguine, lavis, sépia. Quatre pièces.

35 — École française et italienne. Paysages, figures, architecture. Plume, sépia. Quatre pièces.

36 — N. Berghem. L'Annonciation aux Bergers. Crayon noir et sanguine. Une pièce.

37 — École italienne. Dessin à la pierre noire, sanguine. Étude, composition. Deux pièces.

38 — École italienne Martyre de Saint-Sébastien, Vierge et Enfant Jésus. Deux pièces. Plume et crayon.

39 — Même école. Le Pape bénissant. Plume et lavis. Deux pièces. Fragment de frise.

40 — Salviati et autres. Projet de cadre et Étude de figure. Deux dessins. Plume et sépia.

41 — Casanova, J.-B. Leprince. Paysages au lavis d'encre de Chine. Deux pièces.

— École italienne. Enlèvement. Dessin à la plume et au lavis. Deux pièces.

43 — Rembrandt, École française. Plume, sépia. Deux pièces.

44 — Carrache, École italienne. Dessin à la pierre noire et sanguine. Sujets saints. Trois pièces.

45 — Andrea Sacchi, Pagani. Quatre pièces. Plume, sépia et sanguine.

46 — Tempesta, École italienne. Bataille, Mariage de la Vierge.

47 — École italienne. Études de figures et autres. Sépia, plume, lavis et sanguine.

48 — T. Géricault. Cheval attelé à une charrette. Mine de plomb.

49 — G. de Sains-Aubin. Mlle Beaumesnil, reine de Golconde. Crayon noir et blanc.

50 — Salviati et autres. Trois crayons. Sanguine, crayon noir et aquarelles. Six pièces.

51 — G. de Saint-Aubin. Pl sieurs croquis à la plume et au crayon. École italienne. Naissance de Jésus. Six pièces.

52 — Ecole italienne. Crayon noir et sanguine.

53 — École française. Paysages. Girodet. Portraits, Sujets divers. Plume et sépia.

54 — École italienne. Femme en prière, Homme assis. Crayons noir et blanc.

55 — Rosselli et autres. Études et figures à la sanguine. Trois pièces.

56 — École italienne. Sujets religieux. Plume, sépia. Deux pièces.

57 — Girolamo de Carpi. Dessin à la plume. Sujets mythologique.

58 — Demarne, École moderne. Dessin. Plume, lavis, aquarelle. Trois pièces.

59 — Ecole française et italienne. Figure de Femme au crayon rehaussée et sanguine. Deux pièces.

60 — Duplessis, Swebach. Sujets de chevaux et figures. Plumes, lavis d'encre de Chine. Quatre pièces.

61 — Ecole française, flamande et italienne. Croquis et compositions.

62 — G. DE SAINT-AUBIN. Illumination de la galerie de Versailles en 1751. Louis XVI s'apprêtant à descendre un escalier, etc. Six pièces.

63 — ECOLE FRANÇAISE ET ITALIENNE. Dessins. Sanguine, lavis, mine de plomb. Cinq pièces.

64 — ECOLE ITALIENNE. Annonciation à la Vierge. Dessin. Plume et lavis au bistre.

65 — ECOLE ITALIENNE. Sujets saints. Trois pièces. Plume, sépia, sanguine.

66 — MÊME ÉCOLE. Sujet saint. Plume, bistre et crayon rehaussé. Quatre pièces.

67 — ÉCOLE FRANÇAISE. ÉCOLE FLAMANDE. PÉRIGNON père. Sépia, plume et crayon. Quatre pièces.

68 — ÉCOLE ITALIENNE. Dessins à la plume, au lavis et au crayon. Sujets variés.

69 — GIRODET. ÉCOLE FRANÇAISE. Tête d'étude. Charité romaine. Deux pièces.

70 — ÉCOLE ITALIENNE. Plume, bistre , crayon rehaussés. Deux pièces.

71 — MÊME ÉCOLE. Étude de figure. Sanguine, crayon noir.

72 — ÉCOLES FRANÇAISE, ITALIENNE et autres. Six pièces. Aquarelles, sépia, crayon, sanguine.

73 — ÉCOLE ITALIENNE. Dessins au crayon noir et sanguine,

74 — MÊME ÉCOLE. Etude de figure Sujets paysage, Plume bistre, sanguine et crayon noir. Cinq pièces.

75 — ÉCOLE ITALIENNE. Etude de figure. Sujet et tête. Crayon noir, sanguine. Trois crayons.

76 — PÉRIGNON père. Composition à la sépia exemple , lavis.

77 — PÉRIGNON. ÉCOLE FRANÇAISE. Dessin à la sépia, crayon noir et bistre. Cinq pièces.

78 — H. Robert. Paysage, étude de figure, plume, bistre, sépia et sanguine.

79 — Du même et Houel. Paysage et lavis rehaussé de blanc. Deux pièces.

80 — Du même. Vues de monuments, pris à Rome.

81 — Du même. Paysage avec figures. Crayon noir et sanguine. Deux pièces.

82 — Du même. Fontaines, monuments et intérieurs de palais. Crayon noir et sanguine.

83 — Du même. Intérieur de palais et baigneuses dans un paysage. Crayon noir et sanguine.

84 — Du même. Vue prise à Rome. Pont-levis. Deux pièces sanguines.

85. — Du même. Intérieur d'église, à Rome, et paysage avec figures. Deux pièces. Sanguines.

86 — Du même. Monuments anciens. Sanguine et crayon noir.

87 — Du même. Portique et monuments anciens, avec figures. Crayon noir et sépia.

88 — Du même. Intérieur de forteresse ancienne, et entrée de fort. Sanguine.

89 — Du même. Intérieur d'église et aqueducs. Crayon noir, sanguine.

90 — Du même. Extérieur d'église, cérémonie religieuse. sanguine, crayon noir.

91 — Du même. Ancienne ruine, fontaine monumentale. Aquarelle et crayon noir.

92 — Du même. Portique et ruines. Deux pièces.

93 — École italienne et autres. Aquarelle, crayon noir, plume, sépia, sanguine. Sujets divers.

94 — Parmesan, Verdier. École française. Vierge et Enfant Jésus. Sanguine, crayon et estompe. Composition bas-relief, crayon noir. Trois pièces.

95 — H. Robert. École italienne. Aquarelles. Ruines. Guerchin. Sainte Madeleine.

96 Vanloo, H. Robert. Tête de femme. Crayon noir. Paysage, lavis et ruines d'un pont. Crayon noir.

97 Ecole italienne, Fragonard, Echard. Trois pièces.

98 Boucher, Moreau, Hubert, Robert, Paysages. Crayon noir, gouache, sanguine.

99 — Demarne, Boucher, Dupressoir. Aquarelle, sanguine et lavis. Trois pièces.

100 — L. David, Molyn, Momper. Trois pièces. Crayon noir lavis, plume, sépia.

101 — Houel. Paysages avec figures. Gouache.

102 — Ecole française. Tintoret (d'après). Crayon noir. Deux pièces.

103 — Ecole française, Francia. Gouache, aquarelle. Deux pièces.

104 — H. Robert. Terrasses et jardins. Sanguine. Ecole italienne. Vue du château St-Ange. Lavis.

105 — H. Robert. Dessin à la sanguine. Vue de monument, Fête au dieu Pan. Crayon noir.

106 — Boucher, Pérignon, Lepaon. Quatre pièces.

107 — Cuyp, Demarne. Plume et bistré, lavis. Trois pièces.

108 — Roselli. Ecole italienne. Crayon noir, sanguine.

109 — H. Robert. Intérieur de cour. Crayon noir.

110 — Demarne. Paysage. Lavis d'encre de Chine.

111 — Ecole italienne. Etude de figure, St-Jean baptisant le Christ. Trois pièces. Plume, bistre, crayon noir.

112 — Houel. Paysage. Gouache.

113 — F. Boucher. Sanguine. Femme assise.

114 — Le même, école flamande. Paysage. Crayon noir, lavis encre de Chine.

115 — École française. Paysages et figures, par divers. Quatre pièces.

116 — F. Boucher. Etude de figures. Sanguine. École française. Dessin à la plume. École italienne. Etude de saint. Plume et lavis. Trois pièces.

117 — Bibiani et autres. Trois pièces. Dessin architecture, Plume. Sépia et sanguine.

118 — Troost. Dessin au lavis d'encre de Chine.

119 — Fragonard. Sujet pastoral. Dessin au bistre.

120 — L. Moreau. Vue du château de St-Maur. Gouache, aquarelle.

121 — H. Robert. Paysans auprès du feu et aquarelle. Obélisque et monuments en ruines. Crayon noir.

122 — H. Robert. Monuments. Sanguine. Trois pièces.

123 — H. Robert. Intérieur de parc avec terrasse. Sanguine.

124 — H. Robert. Arc de triomphe à Rome. Aquarelle.

125 — Tiepolo et autres. Plume et bistre. Trois pièces.

126 — Pocetti et autres. Plume et bistre. Etude de figures, paysages.

127 — École italienne. Sanguine. L'Eucharistie, portraits, Trois pièces.

128 — École française, italienne, etc. Plume et sépia. Trois pièces.

129 — L. David. Les filles d'Athènes tirant au sort. Lavis d'encre de Chine.

Bourguignon. Choc de cavalerie.

130 — ÉCOLE ITALIENNE. Études de figures. Sanguine. Trois pièces.

131 — MÊME ÉCOLE. Étude de Figure. Sanguine, crayon noir.

132 — ALLORI et ÉCOLE ITALIENNE. Sujets divers. Plume crayon. Six pièces.

133 — ROSSELLI. Étude de figure. Sanguine, crayon noir.

134 — H. VERNET. Dessin crayon noir. Croquis, tête d'étude et marine.

135 — H. ROBERT. Croquis. Sanguine, crayon noir, plume et bistre.

136 — PÉRIGNON. Dessins aquarelles et lavis estompe. Trois pièces.

137 — PÉRIGNON. Aquarelle.

138 — PÉRIGNON et SASSE. Sujet et paysage. Aquarelles.

139 — ÉCOLE ITALIENNE. Dessin d'architecture. Plume et bistre.

140 — MÊME ÉCOLE. Plume, bistre. Sujets divers. H. ROBERT. Sanguine.

141 — PÉRIGNON père. Sujet et paysage. Plume, sépia, lavis. Quatre pièces.

142 — PÉRIGNON père. Sujets de genre. Plume, lavis, bistre, estompe, quatre pièces.

143 — ÉCOLE FRANÇAISE. Sujet de genre. Suzanne au bain, moine en prière, etc. Plume, lavis, sépia et aquarelles.

144 — PÉRIGNON père. Sujet turc, aquarelles. Deux pièces.

145 — ÉCOLES ANGLAISE ET FRANÇAISE. Monument et intérieur d'église. Lavis aquarelle.

146 — DEMACHY, ÉCOLE FRANÇAISE. Sujet de genre. Vue de monuments, fac simile. Crayon noir, plume.

147 — PÉRIGNON PÈRE, ÉCOLE FRANÇAISE. Sujet de genre. Lavis, estompe.

148 — H. VERNET, E. LAMY, GÉRICAULT. Sujet de chevaux et sujet historique. Napoléon Ier.

149 — SUBLEYRAS et ÉCOLE ITALIENNE. Étude de figure. Sanguine, crayon noir.

150 — DEMARNE. Robinson dans son île et intérieur de ferme. Plume, lavis d'encre de Chine.

151 — ÉCOLE ITALIENNE. Architecture, monuments, vue d'Italie. Gouache, aquarelle, sépia.

152 — MÊME ÉCOLE. Plume et sépia. Vue du palais de Saint-Marc. H. ROBERT. Plume.

153 — ÉCOLE FRANÇAISE. Ruines et monuments, deux pièces. Aquarelles gouaches.

154 — ÉCOLE FRANÇAISE. Aquarelle, sépia, lavis.

155 — BELOTTI. Vierge et enfant Jésus. Aquarelles, ÉCOLE ITALIENNE. Plume, sépia, sanguine.

156 — ÉCOLE ITALIENNE. Sujet de genre. Sépia, crayon noir, plume, sanguine.

157 — PINELLI, ROBERT, G. DE SAINT-AUBIN, DEMARNE. Sept pièces. Plume, sépia, crayon noir.

158 — ÉCOLE FRANÇAISE. Allégorie, dessin au crayon noir, paysage d'après CLAUDE LORRAIN, sur papier bleu.

159 — BERGHEM (Attribué à). Scène champêtre. Plume, lavis. ECOLE ITALIENNE. Nymphes. Sanguine, frise.

160 — DELLA BELLA PATEL. Plume. Monuments anciens, campagne italienne. Plume et bistre, deux pièces.

161 — HORACE VERNET. Croquis au crayon noir. DEMACHY. Aquarelle et plume. PÉRIGNON père. Sépia, plume. Cinq pièces.

162 — ECOLE ITALIENNE. Sujets saints. Plume et bistre.

163 — LEBRUN et ECOLE ITALIENNE. Etudes de figures. Sanguine.

164 — ECOLE ITALIENNE. Figures, sujets et animaux. Plume et bistre.

165 — ECOLE ITALIENNE. Jésus conduit au prétoire, etc., quatre pièces. Plume, crayon, sépia.

166 — PINELLI, H. ROBERT, etc. Sujets et croquis, quatre pièces.

167 — RUBENS (Ecole de). Dessin à la plume et au lavis.

168 — PATER. Figures d'hommes debout et assis. Crayon noir.

169 — ECOLE FRANÇAISE et ITALIENNE. Sujets divers. Plume, lavis.

170 — ECOLE ITALIENNE. Etude de figures hommes et femmes. Sanguine.

171 — ECOLE FRANÇAISE et ITALIENNE. Aquarelle et sépia. Vue d'Italie.

172 — ECOLE FRANÇAISE. Paysages et aquarelles. Gouaches. Deux pièces.

173 — H. ROBERT. Deux dessins. Sanguine, bistre. Sujets et costumes.

174 — ECOLE FRANÇAISE. Aquarelles. Deux pièces.

175 — G. DE SAINT-AUBIN. Crayon noir. Cérémonie dans un palais.

176 — ECOLE ITALIENNE. Sujets saints et fronton. Plume, sépia, bistre.

177 — ECOLE ITALIENNE. Sujets, fragments de composition. Plume et sépia.

178 — MÊME ÉCOLE. Sujets saints et études de têtes. Plume, bistre. Quatre pièces.

179 — V. VITELLI, DELLA BELLA. Plume et bistre.

180 — TIEPOLO et autres. Trois pièces paysages et sujets.

181 GIRODET, DE ROUSSY, 1781. Lavis et plume. Stratonice, ECOLE ITALIENNE. Paysages au lavis.

182 — ECOLE ITALIENNE. Plume et bistre. Trois dessins, sujets saints.

183 — EMPOLI et ROSSELLI. Plume, bistre, crayon noir, sanguine.

184 — ECOLE ITALIENNE. Etudes de figures. Sanguine, plume, lavis.

185 — ECOLES DIVERSES. Sujets variés. Sanguine, crayon noir, lavis, sépia. Huit pièces.

186 — NALDINI. Dessin à la plume et bistre.

187 — ECOLE ITALIENNE. Plume, crayon noir, sépia. Cinq pièces.

188 — ECOLE ITALIENNE ET FRANÇAISE. Sujets divers. Six pièces.

189 — PERINO DEL VAGA. Dessin de frise. Plume et bistre.

190 — ECOLE ITALIENNE. Sujets saints. Bistre rehaussé de blanc. Etude de figures au crayon noir.

191 — MÊME ÉCOLE. Plume et bistre, sanguine. Trois pièces.

192 — MÊME ÉCOLE. Deux études. Figures sanguines.

193 — MÊME ÉCOLE. Deux études. Figures sanguines et crayon noir.

194 — ROSSELLI. Deux études de figures. Sanguine.

195 — DU MÊME. Deux études de figure. Sanguine.

196 — ECOLE ITALIENNE. Etudes de figures nues à la sanguine. Deux pièces.

197 — MÊME ECOLE. Martyre d'un Saint. Plume, crayon noir, sanguine. Etude de main aux trois crayons.

198 — MÊME ÉCOLE. Etude de figure. Plume, sépia, sanguine. Trois pièces.

199 — MÊME ÉCOLE. Etude de figures nues, homme et femme.

200 — Même école. Deux figures drapées. Etudes à la sanguine.

201 — Ecole italienne. Etudes de figures. Sanguine.

202 — Rosselli C. Dolci. Deux figures. Sanguine, crayon noir.

203 — Bandinelli. Croquis à la plume. Empoli. Figure assise. Crayon noir.

204 — Rosselli, Empoli, P. del Vaga, Girodet. Quatre pièces. Sujets et études.

205 — Ecole française. Dessin. Plume, sépia. Soldats dans un corps-de-garde.

206 — Ecole italienne et française. Quatre pièces. Sujets divers. Sanguine, lavis, plume.

207 — Ecole italienne, française, flamande. Six dessins et croquis. Plume et crayon.

208 — De Maine. Croquis animaux. Crayon et lavis.

209 — H. Vernet Pérignon père, Wierreng, Nicolle. Etude, sujets, paysages. Sépia, aquarelles, crayon noir.

210 — Pérignon et autres. Sujets et paysages. Crayon, lavis, sanguine, aquarelles.

211 — Aug. Carrache, écoles française et flamande. Quatre dessins. Sanguine, plume et crayon.

212 — Ecole française. Sujets tirés de l'histoire romaine. Crayon noir, lavis rehaussé de blanc.

213 — Nanteuil, Dolci, Pérignon père, Gabriel, Saint-Aubin. Figures, sujets variés.

214 — Raphael (d'après). Saint Pierre tiré de prison. Plume et bistre.

215 — Ecole française. Six dessins. Sépia, bistre, crayon noir, etc.

216 — Ecole italienne, française, flamande, hollandaise. Cinq pièces. Plume, lavis, crayon.

217 — Ecole italienne et école française. Cinq pièces. plume, sépia, bistre.

218 — Ecoles italienne et française. Quatre pièces. Plume, sépia, bistre.

219 — Rosso et école romaine. Plume, bistre, lavis. Cinq pièces.

220 — N. Poussin, Boucher, C. Dolci. Trois pièces. Sanguine, crayon noir.

221 — Ecole italienne. Cinq pièces. Sujets divers. Sanguine, plume, bistre et crayon.

222 — Ecole italienne. Croquis et sujets. Plume, bistre, lavis. Neuf pièces.

223 — Wild, C. Vernet et autres. Aquarelles. Cinq pièces.

224 — Duplessis, Pérugnon père, Demachy, etc. Cinq pièces.

225 — Taunay, L. Moreau, etc. Cinq pièces. Aquarelles, gouaches.

226 — Demarne, David, etc. Neuf pièces.

227 — Ecole italienne. Miniature, gouachée, crayon, sanguine.

228 — Poussin (d'après). Plume, lavis. Trois pièces.

229 — P. Martin. Terrasse de Saint-Germain-en-Laye. Sasse. Aquarelles. Deux pièces.

230 — Ecole italienne. Dessin de frise. Bistre rehaussé. Etude de chapiteaux, par Jordaens.

231 — Bidault, Pérignon. Paysages au lavis. Tête d'homme. Estompe.

232 — H. Robert et autres. Huit pièces. Paysages et sujets.

233 — T. Zucaro. Composition. Plume et sépia.

234 — L. David. Composition historique. Plume, estompe.

235 — Ecole italienne. Deux pièces. Bistre, sanguine.

236 — Carrache. (Ecole de) chasse, Composition, Plume, bistre.

237 — H. Robert. Dessous de pont. Sanguine, plume, lavis.

238 — Ecole italienne. Plume et bistre.

239 — T. Zuccro. Cavalcade, entrée triomphale. Plume et bistre.

240 — Ecole italienne. Dessin à la pierre noire.

241 — Même école. Plume et bistre.

242 — Même école. Mariage de la Vierge. Plume et bistre.

243 — Fragonard. Paysage, gouache.

244 — Tiepollo, école italienne. Christ au prétoire. Sépia, plume.

245 — Parrocel. Saint Jean Prêchant. Plume et lavis.

246 — Demarne. Paysage. Crayon noir.

247 — G. Maratte, J. D'Udine. Frise. Plume et bistre.

248 — Ecole italienne. Composition. Plume, bistre et lavis.

249 — H. Robert. Escalier. Plume et lavis.

250 — Ecole italienne. Intérieur d'un riche palais. Lavis.

251 — Ecole italienne. Salle de palais. Lavis et plume, Deux pièces.

252 — Même école. Intérieur de palais. Plume et lavis. Deux pièces.

253 — Même école. Palais pérystile. Plume et lavis. Deux pièces.

254 — Même école. Vestibule, escalier. Encre et lavis. Deux pièces.

255 — Ricci. Etude de Saint Jean-Baptiste. Sanguine.

256 — J. Jordaens, Sneyders. Etude; tête de cheval et sanglier.

257 — P. Wouvermans. Halte militaire. Dessin au lavis.

258 — Ecole italienne. Allégorie de la victoire. Sanguine.

259 — Bassano. Sujet tiré de l'Ecriture Sainte. Ecole italienne. Projet de plafond.

260 — Ecole hollandaise. Combat de paysans.

261 — Duplessis. Un marché, scènes de camp. Pinceau et encre.

262 — Ecole italienne et française. Etudes de figures. Crayon noir et estompe.

263 — Ecole italienne. Deux compositions. A la sanguine.

264 — G. de Saint-Aubin, Pérignon père et autres. Vue de Paris, paysages et cinq pièces.

265 — Ecole française. Vues diverses. Sépia, plume, lavis et sanguine. Neuf pièces.

266 — Pinelli et autres. Quatorze pièces. Paysages et figures. Plume et sépia.

267 — Du même. Etude de costumes italiens. Dix pièces. Plume et bistre.

268 — Du même. Etude de costumes. Neuf pièces. Plume et bistre.

269 — Du même. Costumes italiens. Douze pièces. Plume et bistre.

270 — Rembrandt. Dessin au bistre.

271 — G. de Saint-Aubin. Cinq pièces. Dessins et croquis. Louis XVI et Marie-Antoinette.

272 — Pinelli. Aquarelles. Deux pièces.

273 — Du même. Aquarelles. Trois pièces.

274 — G. de Saint-Aubin. Aquarelles.

275 — Ecoles italienne et française. Sépia. Trois dessins.

276 — G. de Saint-Aubain. Sépia. Portrait d'un Seigneur.

277 — PARMESAN. Figure de femme. Sépia.

278 — J.-B. HUET. Le petit commissionnaire, à la plume, aquarelle.

279 — J. GÉRICAULT. Portrait dessin à la plume.

280 — C. DUSSART. Dessin à la plume.

281 — LAGRENÉE. Visitation. Crayon noir.

282 — G. DE SAINT-AUBIN. Portrait de Leseure, chef de brigands, signé (Saumur, 1793).

283 — ECOLE ITALIENNE. La Madeleine. Dessin à la plume.

284 — G. DE SAINT-AUBIN. Crayon noir. Croquis avec autographe.

285 — DU MÊME. Romulus enlevé au ciel. Lavis. Encre de Chine.

286 — ECOLE ITALIENNE. Jésus. Dessin à la plume et bistre.

287 — H. VERNET. Figure académique. Crayon noir.

288 — ECOLE FRANÇAISE. Offrande à Vénus. Plume lavis.

289 — GABBIANI. Dessin à la sépia.

290 — H. VERNET. Etude de tête des suppliciés. Dessin crayon noir.

291 — T. GÉRICAULT. Etude pour le naufrage de la Méduse. Dessin crayon noir.

292 — G. DE SAINT-AUBIN. Scène de théâtre. Crayon noir et bistre.

293 — LEBARBIER. Mort de Didon. Plume et bistre.

294 — G. DE SAINT-AUBIN. Croquis divers.

295 — REMBRANDT, (attribué à) Jésus et Madeleine.

296 — H. VERNET. Croquis, costumes. Crayon noir.

297 — GIRODET. Erigone. Crayon, estompe.

298 — ÉCOLE ITALIENNE. Vue de Venise, sépia. Cinq pièces.

299 — MÊME ÉCOLE. Vue de Venise, sépia et plume. Trois pièces.

300 — PINELLI. Costumes. Aquarelle. Deux pièces.

301 — G. DE SAINT-AUBIN. Vue de l'intérieur d'un café en 1777.

302 — DU MÊME. Paysages. Crayon noir, signé, 1777.

303 — ÉCOLE VÉNITIENNE. Enfance de la Vierge. Plume et bistre.

304 — G. DE SAINT-AUBIN. Portrait de Marie-Antoinette et étude de femme.

305 — H. VERNET. Etudes de figures nues. Dessin au crayon noir.

306 — H. VERNET. Etude de têtes de soldats morts. Crayon noir.

307 — H. VERNET. Etude de figures nues. Crayon noir.

308 — ECOLE ITALIENNE. Sainte Madeleine, dessin aux trois crayons.

309 — ECOLE ITALIENNE. Jeune homme endormi. Sanguine.

310 — ECOLE FRANÇAISE. Panneau d'ornementation. Plume bistre..

311 — LAJOUE. Décoration de théâtre. Plume et lavis.

312 — INCONNU. Dessin original de la tour de l'Horloge au coin du quai des Morfondus. Plume et aquarelle.

313 — F. Boucher. Scène de déclaration. Lavis et crayon.

314 — Ecole italienne. Guerriers combattant. Plume et bistre.

315 — G. de Saint-Aubin. Plume et lavis.

316 — Ecole flamande. Paysage. Crayon noir.

317 — Ecole italienne. Sujet étude de figure. Sanguine, lavis et bistre.

318 — Même école. Croquis et composition.

319 — Même école. Portrait études. Plume. bistre et sanguine.

320 — Même école. Andréa del Gobbo. Annonciation et jeune enfant.

321 — Ecole française. Composition allégorique et frise. Sépia et crayon.

322 — Ecole italienne. Croquis à la plume, décollation de Saint Jean. Sanguine.

323 — Ecole française et italienne. Croquis et dessins. Plume et sépia.

324 — Ecole italienne. Sujet de sainteté. Breughel. Plume et sépia.

325 — Ecole italienne. Figures et mains. Crayon noir et sanguine.

326 — Ecole italienne. Christ aux Oliviers, Jésus chez le Pharisien. Plume, bistre et sanguine.

327 — Ecole italienne et autre. Un évêque, femme couchée et apôtre. Trois pièces.

328 — Même école. Sanguine et plume. Quatre pièces.

329 — Même école et française. Six dessins. Plume, bistre et sanguine.

330 — Même école. Etude de figures. Crayon noir. Trois pièces.

331 — G. Pagani et autres. Quatre pièces. Crayon noir et sanguine.

332 — Ecole italienne. Etudes de figure. Sanguine et crayon noir. Trois pièces.

333 — Même école. Croquis étude de figures. Crayon noir et sanguine.

334 — Ecole italienne. Etudes de figures. Crayon noir, sanguine, plume, sépia.

335 — Même école. Etudes de figures. Crayon noir et sanguine.

336 — Même école. Etudes diverses. Crayon noir et sanguine.

337 — B. Pocetti et autres. Etudes de figures. Crayon noir et sanguine.

338 — Ecole italienne. Etudes de figures. Crayon noir et sanguine.

339 — D. Tiepolo. Dessin à la plume et sépia, lavis.

340 — Ecole italienne. Etudes de figures. Crayon noir et sanguine.

341 — Même école. Animaux et sujets. Crayon noir, sépia et sanguine.

342 — Goltzius. Figures assises et couchées. Plume et sépia. Ecole française et italienne. Crayon noir et sanguine.

343 — Ecole italienne. Etude de figures pieds et mains. Crayon noir et sanguine.

344 — Ecole française. Demarne et autres. Paysages et compositions.

345 — Ecole française moderne. Paysage. Deux pièces.

346 — Ecole française. Demarne. Paysages, cérémonies. plume et sépia.

347 — Pérignon père. Aquarelles, sujets de sainteté, paysage par un inconnu.

348 — Ecole italienne et flamande. Allégorie et sujets saints. Plume, bistre et crayon noir.

349 — Duplessis. La danse de l'ours. Encre de Chine.

350 — Ecole italienne. Massacre des innocents. Plume et bistre.

351 — Jordaens. Tête d'étude, fragment.

352 — Ecole italienne. Figures, étude au crayon noir et sanguine.

353 — Même école. Etudes à la sanguine.

354 — Même école. Etudes de figures. Crayon noir.

355 — Même école. Figure drapée, études de têtes aux trois crayons et sanguine.

356 — Même école. Figures études. Crayon noir et sanguine.

357 — Même école. Figures homme et femme.

358 — Même école. Etude de figures. Crayon noir et sanguine.

359 — Même école. Etudes de figures. Crayon noir et sanguine.

360 — Fuhineau. Etudes de figures. Crayon noir et sanguine.

361 — Ecole italienne. Etudes de figures. Crayon noir et sanguine.

362 — Même école. Etudes pour tableaux. Crayon noir et sanguine.

363 — Même école. Etude de figures. Crayon noir et sanguine.

364 — Même école. Figures à la sanguine et au crayon noir.

365 — Ecole française. Vue d'un parc avec figures sous Louis XVI.

366 — Le Padouan, Ecole française. Dessin à la sanguine, crayon noir et sépia.

367 — École italienne. Étude de figure. Crayon noir et sanguine.

368 — Même école. Les Bienheureux entourant le Seigneur. Plume et bistre.

369 — École française. Architecture et paysages. Trois pièces.

370 — Ecole française. Étude de paysage. Crayon noir.

371 — Ecole de David. Sujet d'histoire. Lavis, etc.

372 — Ecole française. Paysage et ruines. Deux pièces. Crayon noir et blanc.

373 — Crépin. Projet de décoration. Gouache.

374 — P° del Vaga. Ecole italienne. Etude de plafond et repos au camp. Bistre et plume.

375 — ECOLE FRANÇAISE. Paysage avec ruines. Aquarelles. Paysage maritimes, gouache.

376 — DEMARNE. Paysage avec figures et animaux. Lavis. Pastel. Paysage au crayon noir.

377 — ECOLE HOLLANDAISE. DEMARNE. Paysages avec figures. Lavis.

378 — ECOLE ITALIENNE. Sujets saints. Plume et bistre.

379 — LE BOURGUIGNON. ECOLE FRANÇAISE. Un camp forcé et champ de bataille. Plume et bistre.

380 — P. DE CARRAVAGE. ECOLE ITALIENNE. Sujets saints et choc de cavalerie.

381 — ECOLE ITALIENNE. Etude de figure et paysages réunis. Gouache, crayon noir et blanc.

382 — DUPLESSIS ET ÉCOLE FRANÇAISE. Marche d'animaux, soldats ; paysages avec figures. Papier bleu.

383 — ECOLE ITALIENNE. Etude de figures. Crayon noir et sanguine.

384 — DEMARNE et ÉCOLE FRANÇAISE. Lisière de forêt et intérieur de parc. Crayon noir et lavis.

385 — PINELLI. Croquis de costumes à la plume. Douze pièces.

386 — G. DE SAINT-AUBIN et autres. Crayon noir et sépia. Cinq pièces.

387 — Le même et autres. Crayon noir sanguine, sépia et plume. Six pièces.

388 — DEMARNE, SWEBACH. Plume et lavis. Neuf pièces.

389 — H. ROBERT, VIEN. Sépia, crayon noir et sanguine. Cinq pièces.

390 — Pinelli. Costumes italiens à la plume. Sept pièces.

391 — Le même. Croquis à la plume. Costumes italiens. Trois pièces.

392 — Le même. Dessins à la plume et sépia. Costumes. Six pièces.

393 — Le même. Costumes au bistre et plume. Cinq pièces.

394 — Le même. Plume et sépia. Costumes italiens. Cinq pièces.

395 — Le même. Plume et lavis au bistre. Costumes. Quatre pièces.

396 — Le même. Plume et sépia. Costumes. Douze pièces.

397 — Le même. Plume et sépia. Costumes. Sept pièces.

398 — Le même. Plume et sépia. Costumes italiens. Douze pièces.

399 — Pérignon. Vue d'Italie. Neuf pièces.

400 — Pérignon. Vue d'Italie.
Nicolle. Sépia, plume, aquarelles. Dix pièces.

401 — Pérignon, Pinelli. Vues d'Italie. Plume et lavis. Six pièces.

402 — Pérignon et autres. Paysages et monuments, etc. Plume, sépia, aquarelles. Cinq pièces.

403 — Pérignon, Nicolle, etc. Vue de monuments italiens. Plume, sépia, aquarelles. Six pièces.

404 — Pinelli. Costumes italiens. Croquis à la plume et sépia. Douze pièces.

405 — Pinelli. Costumes italiens. Plume. Douze pièces.

406 — H. Robert. Cascades aux environs de Rome. Crayon noir.

407 — École italienne. Vue prise à Venise.

408 — L. Moreau. Paysages. Gouache.

409 — H. Fragonard. La Déclaration. Dessin aux trois crayons.

410 — J. Ruysdael. Paysage. Dessin au lavis d'encre de Chine.

411 — G. de Saint-Aubin, 1779. Deux dessins avec autographes du maître, dont l'un représente la porte Saint-Denis. Crayon, lavis et sépia.

412 — G. de Saint-Aubin. Compositions variées, avec autographe du maître.

413 — G. de Saint-Aubin. Vues de monuments. Crayon, lavis et sépia.

414 — G. de Saint-Aubin. Sujets d'enfants et amours. Mine de plomb.

415 — G. de Saint-Aubin. Sujets variés. Trois dessins.

416 — L. Moreau. Paysage avec cascade. Gouache.

417 — G. de Saint-Aubin. Le ballet d'Appelle et Campasme. et frontispice de la Serva Padrona de Cimarosa. Aquarelles.

418 — H. Robert. Dessin à la plume et au bistre.

419 — Breughel. Paysage avec figures. Aquarelle.

420 — École française. Le petit Châtelet, ancien Paris. Sépia et plume.

421 — G. de Saint-Aubin. Études et Croquis, costumes de femmes. Crayon noir.

422 — G. DE SAINT-AUBIN. Le Pont-Neuf et la Samaritaine. Aquarelle.

423 — G. DE SAINT-AUBIN. Une Assemblée. Dessin au crayon noir et estompe.

424 G. DE SAINT-AUBIN. Intérieur de théâtre. Crayon, plume et estompe.

425 — GIRODET. Figure allégorique. Dessin au crayon noir.

426 — J.-B. HUET. Vénus et les Amours. Dessin au lavis et à la plume.

427 — G. DE SAINT-AUBIN. Figures de femmes. Quatre dessins.

428 — F. BOUCHER. Tête d'ange. Dessin aux trois crayons.

429 — ECOLE ITALIENNE. Une étude d'ange. Dessin à la sanguine.

430 — F. BOUCHER. Figure de femme. Au crayon.

431 — H. VERNET. Combat de cavalerie. Dessin à la sépia.

432 — F. BOUCHER. Jeune Bergère tenant un panier de fleurs. Dessin au crayon noir.

433 — ECOLE FRANÇAISE. Mort d'Archimède. Dessin au lavis d'encre de Chine.

434 — L. MOREAU. Paysage avec figures. Gouache.

435 — L. MOREAU. Paysage avec figures. Gouache.

436 — L. MOREAU. Paysage avec figures. Gouache.

437 — F. BOUCHER. Orphée. Dessin à la sépia rehaussé de blanc.

438 — L. MOREAU. Paysage avec cascades et rochers.

439 — H. Robert. Arche de pont, paysage et figures. Aquarelle.

440 — C. W. T. D. f 1731. Monogramme. Dessin au lavis d'encre de Chine.

441 — Ecole italienne. Éducation de la Vierge. Dessin à l'encre de Chine.

442 — G. de Saint-Aubin. Monuments. Dessins au lavis d'encre de Chine et sépia.

443 — Ecole de Parme. Tête d'homme. Aux trois crayons.

444 — Nicolle. Vue d'Italie. Aquarelle.

445 — Nicolle. Vue de ruines en Italie. Aquarelle.

446 — Wild. Aquarelle.

447 — Schiavone. Suite de dessins ayant trait à la vie d'Esther et d'Assuérus. Plume, bistre et sépia rehaussé, avec autographe de l'artiste désignant les sujets.

448 — L. Moreau. Paysage. Site montagneux. Gouache.

449 — Demarne. Paysage avec rivière. Dessin au crayon noir.

450 — Ecole anglaise. Sujet de genre. Aquarelle.

451 — P. Véronèse (Ecole de). Sujet saint.

152 — Decamps (Attribué à). Sujets. Sépia.

153 — H. Vernet. Napoléon à Sainte-Hélène. Un Palefrenier. Au crayon. Deux pièces.

454 — Fragonard. Sujet de genre. Sépia.

455 — Primatice (le). Sainte Famille. Sépia.

556 — Fragonard. Paysage avec figures. Sépia.

457 — Andréa del Sarto (Ecole de). Scène religieuse.

458 — G. de Saint-Aubin. Fête du Colysée donnée au roi. (Signé : 1772.)

459 — Ecole française. Aquarelle. Portrait de jeune homme. H. Vernet, Croquis. Watteau (D'après), le Peintre et son modèle. Gouache. H. Vernet. Etude de femme. Crayon noir. Croquis.

460 — G. de Saint-Aubin. Loth et ses Filles. Crayon et aquarelle.

461 — Bibiain. Vue de monuments. A la plume et sépia.

462 — G. de Saint-Aubin. Scène de bal masqué. Aquarelle.

463 — H. Vernet. Croquis au crayon noir. Deux pièces.

464 — H. Vernet. Croquis, caricatures. Crayon noir. Deux pièces.

465 — H. Vernet. Croquis. Crayon noir et plume.

466 — H. Vernet. Trois têtes d'études. Crayon noir.

467 — H. Vernet. Croquis, tête d'études. Crayon noir et estompe.

468 — H. Vernet et Girodet. Croquis, étude de soldats et de mamelucks. Crayon et aquarelle. Deux pièces.

469 — H. Vernet. Croquis. Plume et crayon.

470 — H. Vernet. Croquis et étude de figure de femme.

471 — H. Vernet. Etude de figure. Crayon noir Deux pièces.

472 — H. Vernet. Etude de squelette. Au crayon noir et études de mains à la plume.

473 — H. Vernet. Etude d'homme mort. Au crayon noir.

474 — J.-B. Greuze. La Bouquetière. Dessin à la sanguine.

GRAVURES

Quantité de Gravures anciennes des diverses écoles, qui seront vendues en lots.

LIVRES

250 Volumes, sur les arts et les sciences et quantité de Catalogues.

TABLEAUX

Environ 100 Toiles peintes, Études et quelques bons Tableaux.

Renou et Maulde, imprimeurs de la Compagnie des Commissaires-Priseurs, rue de Rivoli, 144. 32104

www.ingramcontent.com/pod-product-compliance
Ingram Content Group UK Ltd.
Pitfield, Milton Keynes, MK11 3LW, UK
UKHW022006260726
13994UKWH00004B/1964

9 782329 450339